Ferdinand Avenarius

**Lebe! Eine Dichtung von Ferdinand Avenarius**

Ferdinand Avenarius

**Lebe! Eine Dichtung von Ferdinand Avenarius**

ISBN/EAN: 9783743381124

Hergestellt in Europa, USA, Kanada, Australien, Japan

Cover: Foto ©Andreas Hilbeck / pixelio.de

Manufactured and distributed by brebook publishing software (www.brebook.com)

Ferdinand Avenarius

**Lebe! Eine Dichtung von Ferdinand Avenarius**

# Lebe!

Eine Dichtung

von

# Ferdinand Avenarius

Zweite, verbesserte Auflage

Florenz und Leipzig,
Eugen Diederichs.

# Else

gewidmet.

Wir sind so weit. Die Studienzeit ist aus,
Sein Amen hat der Vater Staat gesagt,
Und ich bin Arzt. Der Brief ist unterwegs
An dich, mein Lieb. Komm, kleines Tagebuch,
Verschwiegner Zeuge meines Träumens du,
Und sei auch diesen Abend mein Gesell!

Ich seh dich, Gertrud, wie du zu uns kamst
In unsre Alpenstadt, du kleine Waise,
Vom Nordseestrand, des Vetters einzges Kind,
Der nun verschollen war im fernen Meer.
So jung du warst, du fühltest es: dein Vater
War hier nicht wohl gelitten, und du selbst,
Hier galtest du als fremd. Da standst du nun
Und strichst verlegen dir am Kleidchen. Mir,
Mir aber gingst du wie ein Sternlein auf.

Geschwisterzeit! Wie Berg- und Seegeländ
Mit unserm Uebermute wir durchstreiften,
Dein Führer ich, der dir das Alpenreich
Mit wichtger Miene wies und dem dann du
Vom Meer erzähltest, daß sein Herz ihm pochte —
Sang doch die See noch immer in dir nach,
Wie in der Muschel. Dir und mir zugleich
Erschloß Gott seine Welt. Von tausend Stunden
Umdufteten mich Erinnerungen als
Ein Blütenregen, und sie schweben dir
Zu Füßen, meine Frühlingskönigin.

Weißt du es wohl, wie stiller dann und scheuer
Du Wildfang wardst, wie immer taubre Ohren
Ich fand, wenn für die allerschönsten Streiche
Ich um Genossenschaft dich bat? Und wie
Die Finger schneller du beim Gruß zurückzogst,
Wie flüchtig Rot dir häufger um die Wangen
Unwillig huschte? Ich verstand es nicht
Und weinte heimlich, weil du bös geworden,
Und trotzte dir ein kleines schlimmes Jahr,
Und dann verstand ich's.
                      Und ich ward Student.
Als ich am ersten Feiertage kaum

Ins Vaterhaus getreten, faßt ich mir
Ein Herz und gab mit bittendem Gesicht
Dir einen Strauß. Du nahmst ihn. Gertrud, heute
Noch seh ich, wie du mir verbergen wolltest,
Daß dir dabei die Hand erzitterte.
Ach, warst du schön! Ach Gott, war ich dir gut! —
Und als das zweite Mal ich wiederkam,
Da war dein Stübchen leer . . .
      Auf taucht in mir
Ein Bild wie einer Jagd bei Sturm im Meer,
Das Bild der wilden Zeit, da ich dich suchte,
Dich, die sie meinethalb so tief gekränkt,
Daß du allein zur öden Welt hinaus
Gezogen warst. Wie hattest jede Spur
Du hinter dir verwischt! Und als ich doch,
Nach mondelangen Mühen doch dich fand —
Mit deinen Händen frohnend, armes Brot
Bei Armen teilend, ärmlich dein Gewand,
Verhärmt dein Angesicht — wie Leichenblässe
Ging's über dich; dein herber Mädchenstolz
Bäumte sich auf. Und du beherrschtest dich
Und sprachst zu mir: „du weißt nicht, was du willst;
Zur Waise machst du dich, der Eltern Fluch
Wär unser Ehesegen. Wir sind jung

Und wir sind stark, denn wir sind rein"... „Du liebst
Mich nicht!" Da, wie ich's sprach, brach sich ein Stöhnen
Aus deiner Brust. „Ach, könnt ich dich doch lassen,
Ich kann, ich kann's nicht." Und nun warst Du mein
Für alle Zeit ...

Die Kämpfe mit den Eltern, die so bald
Zum langen Schlaf sich niederlegten, ach,
Nur halb versöhnt mit dir und mir — mein Lieb,
Wie trat der Ernst uns schnell den Frühling nieder,
Wie sind wir rasch erwachsen! Hätt ich dir
Doch nur die letzten Jahre sparen können!
Dich, meine zarte Braut, mein stolzes Kind,
In kalter Fremde, bis du müd und krank
Endlich an deiner Kindheit Heimatstrand
Entfliehen mußtest — o, ich weiß es gut,
Ob du mir's auch verschwiegst, was du gelitten.
Und warst doch immer m e i n e Trösterin,
Daß jeder Gruß von dir wie Morgenlicht
Mein Stübchen hellte, jeder Brief so reich
An allem Schönen war und fein und klug
Und gut, so gut, daß deine Sonne doch
Schmolz allen Winter und ein Keimen brachte,

Wohin sie sah, daß es in meiner Brust
Nun voller Sommer ist.

     Und Sommer komme
Nun auch für dich! Genesen wirst du bald,
Bist du erst froh. Ich hab ja nur empfangen,
Nun laß mich geben, was ein Menschenherz,
Was nur ein Menschenleben geben kann!
Vor uns ist festes Land. Durch kühle Wälder
Und holde Saaten zieht sich unser Weg —
Nur Wochen noch, dann wandeln wir ihn hin
Fest Hand in Hand zum eignen Heim, zum Glück.

So stand es mit dir? Ich sah es nicht:
Umschleiert war dein Seelenlicht,
Dein Geist bevölkernd den schwülen Raum
Mit Wahngebilden im Fiebertraum —
Und ich jeden Abend durch Wald und Feld
Singend derweile vor Lust in die Welt?
Des Waldes Grün, der Wolken Schnee,
Des Himmels Blau so schön wie je
Und hell wie je das Sonnenlicht?
So stand es mit dir? Ich sah es nicht.

So stand es mit dir? Daß ich nicht litt,
Teiltest das Schlimmste du mir nicht mit —
Erst genesen hast du's entdeckt,
Daß mich dein blasses Gesicht nicht erschreckt.
Ja, wie sah ich's: nichts hat mich gemahnt,
Nicht mit dem Leisesten hab ich's geahnt? .
Sei es nun, wie es sei —
Sonne, du leuchtest: es ist v o r b e i!

Auf meinem Tische die Lampe ging aus.
Die Sorge, die Sorge, sie spukt mir ums Haus,
Mir ist es, ich seh es, ein krankes Gesicht —
Was schreibst du mir nicht? Was schreibst du mir nicht?

Da plötzlich, daß deutlich ich's hören kann,
Klopft gegen die Thüre was heimlich an —
Was soll's? Was ist's? Wer will herein? . . .
Der Wind klagt auf. Ich bin allein.

Was schrie der Wind? Ich hör ihn hin
Wie rufend weg in die Ferne ziehn.
Und schließ ich die Pforte, so klopft's wieder an —
Und wimmernd tastet's die Pfosten hinan, —

Und eisig durchriefelt mir's Mark und Bein:
Was ist's, wer ist's? Wer will herein?
Die Thür auf! Komm! . . . Mit dumpfem Gestöhn
Wehklagend hör ich's von dannen wehn . . .

Lebst du noch?

Verschlafne Gesichter,
Mit Frösteln erwacht,
Verkohlende Lichter —
Vorüber die Nacht...
Stündlich verlaßner, verlorner, verschneiter —
Immer weiter, immer weiter.
Halt!
Aus dem Bahnhof nun in den Wagen —
Wie die Rappen jagen,
Wie sie dampfen im Flug!,
In langer Reih
Wandeln die Pappeln an mir vorbei,
Ernste Gesellen, steif und hager
Wie ein Leichenzug...
Still, Schwager,
Das fade Geplapper,
Das Hufgeklapper,
Das Krähenschrein
Schneiden mir wie Messer
Durch Mark und Bein!...

An Dörfern vorbei —
Schon sind wir nah:
Den Kirchturm kenn ich.
Wir sind da.
Ins Wirtshaus. „Ihr?
Zu dieser Zeit? Wohnt ihr bei mir?"
Das alte Zimmer, die alten Wände —
Ohn Ende
Das A l t e — wie mir die Schläfe hämmern! —
Wer sagt mir N e u e s : lebst du noch? . . .
Will's denn heut gar nicht dämmern,
Nicht dunkel werden?
Endlich. Endlich.
Nun aus dem Thor, nun linker Hand
Den Schleichweg, daß ich nicht erkannt,
Nicht befragt werde, nicht begafft . . .
Nun längs der Weiden —
Über Wiesen und Heiden —
Auf den Deich . . .
Über dem zugefrornen Teich
Düster wie ein Sarg
Steigt's heraus,
Dein Haus —
Näher! Näher!

Vor dein Zimmer!
Kerzenflimmer —
Beten — Weinen — —
Allmächtiger Gott:
Tot.

Hat sich zu Tod gekämpft der Herbst umher,
Liegt müd der Himmel auf der Welt und schwer,
Ist alles ausgestorben, stumm und leer,
Dann zeigst den Menschen du dich, Ahasver.

Drei riesge Tannen ragen schwarz im Wald,
Von grauer Vorzeit Sagenruf umhallt —
Dort stand, wie wüst von Nebeln aufgeballt,
Groß wie die Tannen, seine Spukgestalt.

Wo um der höchsten Wipfel Krähen schwirrn,
Sah ich am Stamm hinlehnend seine Stirn.
Und in den Sinnen fühlt ich ein Verwirrn,
Und langsam dorren fühlt ich mir das Hirn.

Und seine Augen, lebend und doch leer,
Sie schweben vor mir Tag und Nacht einher,
Ich starr sie an und seh nichts andres mehr,
Als deine leeren Augen, Ahasver.

Tot also, wirklich tot. Begreif's doch: tot.
Die Domuhr hat's gedonnert durch die Nacht
Zwölf Mal, das Tot. Du hast's gehört: Tot!.. Tot!..
Nun schwält der Morgen. Menschenleer und stumm
Liegen die Gassen, fahl und kalt wie nie
Und ekel grau. Und Stund auf Stunde dröhnt
Dumpf über alles hin ihr Tot!.. Tot!.. Tot!..
Begreif es: sie — ist tot.

Seh unter Allem um mich her
Kein lebend Menschenantlitz mehr,
   Seit du gestorben bist —
Was kann denn alles Wangenrot
Auch sonst bedeuten, als den Tod,
   Wenn du gestorben bist!

Mir ist, was ich gesehen hab,
Schleicht spukend um sein eigen Grab,
   Seit du gestorben bist:
Von allen fühl nur ich allein,
Fühl auf der ganzen Welt allein,
   Seit du gestorben bist.

In weißem Trauern
Steht der Wald und Schweigen,
Da schauern
Stimmen über ihn hin — es neigen
Murmelnd sich die Eichen
Wie Betende bei Leichen.

Über die Lichtung wogt es her,
Traurig, schwer,
Zwischen die Baumesriesen, die alten,
Wallen Nebelgestalten
In langem Zuge,
Blaß, gespenstischen Blicks,
Wie Schatten am Styx.

Und wie im Schleichen
Sie mich erreichen,
Heben die bleichen
Lippen sie mir entgegen,
Mit ihren irren
Augen mir spähend

Und bange flehend
Ins Antlitz sehend,
Wie um den Tropfen Blutes zu nippen,
Der Worte gebe den starren Lippen
Und der erstickenden Seele Weh
Atem im Schrei.

Heut traf ich Einen, den auch du gekannt.
In einem Zug ums Auge, sagten sie,
Sei er dir ähnlich, ich — ich fand es nie.
Doch wie ich heut ihn seh und unverwandt
Das Bürschlein mir und sorgsam scharf beschaue —
Da seh auch ich's: dort zwischen Aug und Braue
Die Linie ist der deinen ähnlich — ja!

Und lange stand ich wie verloren da.

Zwei Monde sind seit deinem Tod vorbei,
Zwei Monde Schlafs und dumpfer Träumerei —
Jetzt muß mich eine Zufallsposse wecken,
Ein Zug von d i r — im Antlitz eines G e c k e n,
Jetzt äfft mich ein Gespenst mit deinen Zügen,
Zwingt mich, statt weg mich in den Traum zu lügen,
Hier auf der Welt mit ihrer Nichtigkeit
Zu bleiben und zu sehn, wie endlos weit
Von Allem, was da lebt, zu dir die Kluft —
So wach ich denn. Am Sarg. In einer Gruft.

Von deinem Grab am Meere zu den Stätten
Des Alpenlands, die dich und mich gekannt,
Jagt es mich hin und her — 's ist Alles tot
Und trauert so in Schnee und Eis mit mir.
Doch furchtbar wird die Zeit, die kommen soll,
Ach, furchtbar ist der Frühling — wenn die Welt
Aufsteht und jubelt, und du bist nicht da:
Ich kann's nicht denken, Gott...

Im Tannwald droben, unsers ersten Glücks
Vertrautem, tote Liebe, such ich dich.
Wehmütig in den Wipfeln zittert aus
Das letzte Abendrot, und weiches Dunkel
Versenkt das Irdische. Dann, tote Liebe,
Mit leisem Gruße her zu mir trittst du,
Dann gehen wir mitsammen. Und der Wind
Erwacht hoch droben, und wir lauschen ihm
Wie ehedem. Der Wind rauscht in den Buchen
Und singt zu uns und rauscht und singt uns zu
Von Kommendem.

Siehst du das kleine Haus, das er umsingt?
Von Kinderstimmen mischt sich's in sein Lied,
Und durch die Fenster leuchtet goldig her,
Mein Weib, das Glück, das reiche, stolze, strahlende,
Das große Glück. Die Zukunft, Gertrud, grüßt,
Die Zukunft grüßt! ...

Der Bergwald rauscht, der Bergwald singt und rauscht,
Am Arme dich schreit ich halboffnen Augs
Den Hang hinab. Was er uns zugesungen,
Mit Fäden Lichtes spinnt es in uns fort.

Zu deiner alten Wohnung kommen wir.
Ein Kuß, ein Händedruck, im Weggehn schon
Nochmals ein Gutenacht . . .

Und erst wenn ich daheim, erfaßt es mich,
Und wie ein Geier krallt in mich der Schmerz.

Ach, hätt nur einmal dich das Glück
Mit vollem Glanz umflossen —
Ich dächte deiner still zurück:
Du hättest doch genossen!

So war dir erst ein ferner Ost
Vom Hoffen überglommen,
Noch lag auf deinem Weg der Frost,
Noch war der Tag nicht kommen —

Wie dacht ich's mir so wunderschön,
In seinem stillen Scheine
Zu wandeln über des Lebens Höhn,
Gertrud, mit dir alleine,

Zu zeigen dir, wie viel die Welt
Trotz allem doch des Schönen
In reichem Arm umfangen hält,
Mit Allem zu versöhnen! . . .

Nun, was ich denke, süße Braut,
Dein Bild schwebt aus der Ferne
Düster darein, dein Auge schaut
Sehnend zum Morgensterne.

Und warst dem Tage doch so nah:
Was sahst du nicht sein Prangen —
Eh dir ins Leben die Sonne sah,
Gertrud, bist du gegangen.

Der Frühling lächelte still ins Thal.
Grünen überall. Grünen überall.
   Da stand ich vor einem Grabe,
   Vor einem blühenden Grabe.
      Wie wundersam
      Mich's überkam —
Mir war's, du kichertest draus hervor:
„Hab mich ja nur versteckt, du Thor,
Hab dich ja nur erschreckt..." —
   Du, die ich verloren habe.

Seit ich, aus der Betäubung aufgewacht,
Die Erde wieder sehe, weiß ich es:
Daß ich ein Krüppel worden bin am Geist.
Mein zweites Auge fehlt, mein zweites Ohr,
Die zweite Seele fehlt mir — nichts wird klar,
Nichts mehr erfaß ich aus der Tiefe. Nun,
Nun erst erkenn ich, was ich, als du lebtest,
Zu wissen glaubte, doch nur fern geahnt:
W a s du mir warst.
     In manchen Stunden zwar
Seh wieder Alles ich wie einst. Dann ist's,
Als schwebten deine Blicke träumerisch
Zwischen den Zweigen, deine Stimme spinnt
Aus Allem her — ich sehe nicht die Dinge,
Dich seh ich, denn die Dinge sah ich all
Durch dich. Dann wühl ich mich in meinen Schmerz
Wollüstig ein. Doch wenn der Spuk verblaßt
Und alles wieder tot ist, fühl ich ganz,
W a s tot sein ist.

Warum hast du dein Auge mir geschenkt,
Dein Sonntagskinderauge, wenn du mir's
Nicht laſſen konnteſt? Daß du von mir gingſt,
Vielleicht, ich überwänd's, rief mir die Welt
Nicht überall im Echo den Gedanken,
Ach den Gedanken ſchon an dich zurück!

Ich kann die Rosen nicht mehr sehn — in Rosen
Lagst du gebettet, hart und gelb und kalt,
Indeß ein Wogen weichen Wohlgeruchs
Schwebt' im Gemach und dich umspann und mich
Mit heuchlerischem Schmeichelduft — ich kann
Die Rosen nicht mehr sehn: sie duften — weg! —
Nach Leichen.

Es war mal ein Gefangner irgendwo,
Der hatte keine Lust mehr auf der Welt,
Da zähmt' er Spinnen sich, der kluge Mann.
Erinnerungen, kommt, kommt, meine Spinnen.
Zutraulich kriecht mir auf die Hand und laßt
Euch genau besehn. Und flechtet mir recht dicht
Und eng und dauerhaft das schöne Netz.
Und fangt die Beute gut und webt sie mir
Anmutig mit den Maschen ein, daß hübsch
Sie euern Zähnchen stillhält, saugt sie mir
Säuberlich aus und nützt die Leichen fein
Dann wieder zu Gespinnst. Was ihr nur wißt,
Erzählt mir's, liebe Spinnen: ich will gut,
Ich will so ganz und gar euch kennen lernen,
Daß jedes Fältchen, jedes Härlein ich
Auf euren Gliedern kenne. Kommt und spinnt,
Ich füttre euch. 's ist Niemand da, als wir;
Wir wollen uns Gespielen sein...

Zum Sterben matt, werf ich mich Nachts aufs Bett
Schlafdurstig hin, und Augenblicke lang
Kommt's auch wie Ruhe. Aug und Ohren fest
Verstopf ich wie ein furchtsam Kind, und schon,
Schon hoff ich auch auf Schlaf. Denn stiller, stiller
Wird's rings. Doch irgendwo in meinem Haus,
Da ist ein Raum, drin einer unaufhörlich
Arbeitet Tags und Nachts. Tags hör ich's nicht,
Da hallt's ringsum zu laut. Jetzt erst, des Nachts,
Nun es ganz still, ganz still geworden, höre
Ich's wieder, erst nur wie ein fern Gesumm,
Dann deutlich, wie es hämmert, sägt und pocht.
Das treibt's dann so die ganze lange Nacht
Geschäftig fort in der verborgnen Kammer,
Nicht eben laut — nur immer grade so,
Daß ich's noch hören kann. Ich hör's und hör's,
Es klopft und sägt und klopft und quält mir weg,
Den ich mit giergem Aug schon nah gesehn,
Den Schlaf, und pocht und sägt, bis es vom neuen
Gelärm des Tages überschrieen wird.

Arbeiten soll ich? In der Arbeit finde
Ich Trost? Arbeiten — ja, sagt mir einmal,
Wie macht man das? Vor meinem Auge zittert
Ein kleiner Punkt wie eine schwarze Fliege.
Seh ich ins Freie, steht der schwarze Punkt
Grade, wohin ich blicke. Oder seh ich
Hin aufs Papier: da steht das Pünktchen, da.
Seh Menschen ich ins Angesicht — der Punkt,
Da ist der Punkt! Mach ich die Augen zu,
Rot ist's, und nur der Punkt, der Punkt ist schwarz.
Da ist er immer. Ich bin dran gewöhnt.
Wenn er ein Stückchen nur zur Seite ginge,
Daß ich vorbeisehn könnte, wenn er nur
Nicht immer in der Mitte stände!

Mitunter schreckt mich's vom Lager auf,
Wenn jählings ich erwacht,
Mich hetzt es zur leeren Straße hinaus
In die schwarze, brütende Nacht
Durchs Thor, übers Feld, in den Wald, an den See —
Ich späh in alle Ecken:
Von jedem Strauche laß ich mich
Verspotten und erschrecken.

Bei jedem Winkel narrt es mich:
Du müßtest hervor draus springen
Und schluchzend deinen heißen Arm
Um meinen Nacken schlingen,
Als fänd ich noch, den nur ein Satan versteckt,
Einen Platz, wenn die Welt ich durchrennte,
Wo du in Ketten nach mir stöhnst,
Wo ich dich befreien könnte...

Das ist das Dümmste, was ein Mensch gesagt:
Daß Zeit den Schmerz vermindre. Ja, ein Schmerzchen,
Ein Dutzendschmerzchen, das verschießt wohl so
Wie schlechtgefärbte Wolle, und man hängt's
Dann in den Trödelschrank. Der rechte Schmerz
Ist andrer Art. Erst fühlst du nur den Druck
Und läufst noch weiter. Dann bemerkst du Blut,
Und nun beginnt's zu brennen, und du sinkst
Hin mit gekrallten Fingern.

Das Fernerschweben, dieses Fernerschweben...

Einöde einer gottverlaßnen Schlucht.
Rings aufwärts starrend Fels. Schwarz klaffend vor mir
Ein Thor — ein Schacht, ich weiß: Millionen Meilen
Weit führend durch die Nacht ins unbekannte
Entsetzliche. Gefesselt ich davor,
Halb schon im Dunkel du. Doch meine Blicke
Bannen dich fest: du stehst, du zeigst dich mir,
Und jedes Kleinste deines Angesichts
Erkenn ich, und ich hab dich noch...

So war's die erste Zeit. Dann aber kam's
Wie ein Verändern in dein Bild, wie ein
Geheim Bewegen. Und nun schwebt es müden,
Traurigen Blicks zurück. Und rückt und schwebt,
Zu jeder Stunde fühl ich, daß es schwebt,
Schwebt Tag und Nacht, und schwebt mit jeder Woche
Um Mondenweiten ferner weg von mir,
Zu jeder Stunde fühl ich's. Und bin hier
Und seh den großen, hohlen, toten Bogen
Und drinnen nichts, nichts, als die blinde Nacht.

Jetzt sind die Tage gräßlich, doch die Nächte
Sind Zaubernächte, und ich selber bin
Der Zaubermeister. Streich ich durch die Luft,
Ist alles eben. Heb ich dann die Hand,
Hebt sich ein Berg. Führ ich den Finger drum,
Blüht drum ein Wundergarten. Zeig ich nur
So da und dort hin, blitzen draus Kioske,
Kaskaden, Statuen. Und ein Marmorschloß
Kryställt sich auf. Wie das hier leuchtet, tönt,
Und singt, und duftet wie Jasmin. Und du,
Du Weib, du trittst aus all der Zauberpracht
Als Königin, das Diadem im Haar,
Blitzende Steine im Gewand, und strahlst
Herrlich mich an. Die Löwentreppe nieder
Zum Hafen schreiten wir. Die goldge Gondel,
Delphinumspielt, rauscht durchs azurne Meer
Zur Toteninsel. Sieh, die teilt sich schon:
Sphinxe, Zypressen, Felsen rechts und links
Treten zurück. Wir fahren durch. Wir sind
Im Morgenland; die Pyramiden ragen.
Nun rauscht der Ganges. Palmenwälder wehn
Uns Huldgung zu. Uns lüstet's weiter, weiter,

Zu Höherem. Wir schlingen Arm um Arm
Und schweben auf. Und fliegen, fliegen, fliegen —
Das ist die Sonne da, das ist die Sonne —
Und fliegen, fliegen. Wir verwandeln uns
In lebend Gold, wir werden lichtausstrahlende
Tönende Glut. Die Sphärenharmonien,
Nun hört sie unser Ohr, nun da wir selbst
Ein Stück vom Feiersange sind des Alls,
Und unser Herz nur eine große leuchtende
Heilige Thräne. Unsre Seelen küssen
Und küssen sich, und werden Eins im Kuß —
Dann in der Sonne feurigem Wollustmeer
Schmelzen wir hin...

               Die Nächte, ach, die Nächte
Sind Zaubernächte — herrlich jede Nacht,
Und jede anders. Was ich denken mag,
Da ist's auch schon. Spielzeug ist mir die Welt,
Ich bin der Gott, ein Kreisel ist sie mir,
Ich jag ihn wie ich will, ich bin der Gott.

Aus deiner Gruft wühlte dich mein Traum —
Ich schüttelte dich, ich würgte dich:
„Warum verließest du mich? Warum ermordest du
mich?"
Und schleuderte dich hin, und küßte dich,
Und biß dich in die Gurgel.
Und streichelte dich dann:
„Nun bist du ganz tot,
Mein armes Lieb", und weinte,
Und legte still mich neben dich.

Dann wieder, Gertrud, bist du weggelöscht,
Als wärst du niemals dagewesen, Weib. —

Da stelzt heut so ein Kerlchen neben mir,
Ganz rot in engen Kleidern (wie sie einst
Die Florentiner trugen) und belauert
Mir Schritt und Tritt. Ich muß ihn gut beachten,
Sonst springt er mir von hinten aufs Genick
Und kratzt mich. So ist er gar übel nicht;
Man kann mit ihm eins plaudern, nur daß — husch —
Er manchmal plötzlich weg ist...

Daß es auch solche Käuze giebt...

Verflucht, wär das der Wahnsinn?   Wahnsinn!
                                                                      Wahnsinn!
Feuer, Feuer!

Im kalten Schweiß und atemlos
Faß ich mich erst. Wahnsinn? Ist's wirklich Wahn-
                                                                      sinn?...

Ein Ende, Gott, ein Ende!

Zwar weht in meine Seele manchmal noch
Aus weiter Ferne wie verzitternd her
Ein Glockenton: thu's nicht! Zwar schimmert noch
Durch einen Riß der schwarzen Wolkenwand
Ein Glitzern müder Sonne dann und wann:
Thu's nicht! — und zeigt mir, fern am Horizont,
Ein goldges Nebelbild von stillen Domen,
In denen einst mein Herz gebetet hat.
Dann träum ich wohl ein Weilchen dort hinaus,
Und eines Heimwehs Thräne steigt mir auf.
Das war einmal. Die Wunde ging zu tief:
Mein Herz ist ausgeblutet, und die Adern
Sind leer.

Selbstmord, häßliches Wort!...

Über die uralte Holzbrücke ging ich heut Mitternacht.
Im Wasser,
Wie unter einer schwarzen Flordecke,
Sah ich Tote liegen — viele, alle, ich wußt es,
Die je dort seit Jahrhunderten
Hinuntergesprungen:
Dirnen in verschollenen Trachten,
Weiber, um Kinder die Hände gekrallt,
Männer in Seidenröcken und in Lumpen,
Lockige Jungen, weißköpfige Alte —
Ich sah sie ganz deutlich,
Fische schwammen drüber hin.
Und lachen mußt ich
Über die läppischen, gedunsnen Gesichter.
Da ging ein Grinsen über sie,
Und mit den blauen Lippen schmunzelten sie mir zu
Und bleckten die Zähne und nickten
Und lachten auch —

Der Nachtmahr trug's auf
Übers Wasser, durch die Luft, das Lachen,
Warf's hin und her, tollte damit.
Und die Ertrunknen nickten und winkten,
Und lachten, und nickten, und winkten,
Lachten und winkten: komm.
Und die ganze Nacht
Lachte, wie die Toten lachen...

Auf eine Viertelstunde kaltes Blut
Und Ruhe, Ruhe! Prüfe dich kühl und klar:
Bindet dich noch an dieses Leben was,
Als der Gewöhnung Trägheit, heut zu sein,
Weil gestern du gewesen? Freudelos,
Qualvoll liegt's vor dir. Fragt ein Mensch nach dir,
Wenn du vergingst? Ist einer auf der Welt,
Der dich liebt, den du liebst? Hast du zu sorgen
für irgend wen? — Doch bist du frei, so schließe
Die Rechnung ab.

Am lieben See, der vor der Stadt sich weitet
Still zwischen Bergen hin, — wo baumumkränzt
Ein Stück Geländ sich in den Spiegel dehnt,
Dort liegt ein Platz, den ich — zur Zeit des Glücks —
Lang lieb gehabt, denn in den Wellen sang
Allabendlich das Rauschen mir von dir.

Von ungefähr fand gestern Abend ich
An jenem Platz mich wieder. Droben stand
Mit vollem Rund der Mond, und einen Streif
Von Silberlichtern warf er übern See.
Nur einmal schwamm, wie Charons Nachen schwarz,
Vom Dunkel rechts zum Dunkel links ein Schiff
Hin durch die Helle. Einsam blieb sie dann
Und regte sich allein, da alles sonst
Versunken lag im Grau. Und zitterte.
Und hob sich schwellend auf. Und schimmerte.
Und leuchtete. Da schien sie mir ein Pfad,
Ein Pfad von Licht durch Nacht und Dämmern rings
Vom Hier hinaus ins unbekannte Dort.
Und wie von Ketten sank mir's von der Seele,
Und wie zu Hohem schlug mir stolz das Herz:
Langsam dem Lichtespfade schritt ich zu,
Um hinzuwandeln, hin ins stille Land...

Hurrah, Policinell ist da! — was wäre
Auch die Tragödia ohne den Hanswurst?
Mit Purzelbäumen plumpt der Zufall drein,
Spaßt, wiehert, pritscht die tragschen Helden, setzt
Sich mit gespreizten Beinen auf den Thron
Und bleckt die Zunge...

      Hei, das war ein Streich!
Den Schritt schon in den Wellen, aufgelöst
In Frieden schon die Seele — da: Geschrei
Ganz in der Näh zur Rechten überm Wasser.
Und jetzt erkenn ich's: dort ein dunkler Strich,
Ein umgeworfner Kahn und, ich erkenn's,
Köpfe daneben. Eins, zwei, drei, den Rock,
Die Weste weg — ich schwimme hin und fasse
Ein Kind beim Schopf. Am Strande regungslos
Dann liegt es da. Und schlägt die Augen auf
Und lebt und stiert mich an.

      Ja, die verdammte
Zuchtmeisterin Gewohnheit! O, die modelt
Jahrtausendlang an deinen Eltern schon:
Du erbst verdorbnes Blut. Du machst dich „frei",

Herrn deiner selbst, Herrn aller Vorurteile
Brüstest du dich — sie wirft den Stecken hin,
Und weil's die Alten auch so machen würden:
So apportirt der Pudel.

Tot sind die andern, und den Balg da hab
Ich ein paar Tage auf dem Hals. Hanswurst
Zufall, du machst die Sache gut. 's ist komisch,
Urdrollig ist's. Doch bald, mein Bester, wirft
Man dich hinaus, und die Historie geht
Ernsthaft zu Ende. —

Ein Wirrsal niedriger, gebräunter Häuser,
Schiefer und altersschwacher. Doch hinein
Fraß sich die Neuzeit, und berußte, lärmende
Fabriken pflanzten rauchumflorte Schlote
Als schwarze Fahnen ihres Sieges auf.
Das ist die Vorstadt.
      Rings von ihr vergraben
Ein kleiner Platz. Ein paar bestaubte Bäume
Verkümmern drauf. Arbeiterkinder spielen
Um sie herum: die alten Hütten hier,
Sie geben Schlafquartier für ihre Eltern,
Die Tags bei den Maschinen stehn im neuen
Werkraum schrägüber. Vom baufälligsten
Der Häuser sieht zum Platz hin eine Kammer.
Da sitz ich heut. Im Bette neben mir
Liegt krank ein Kind und schwatzt und schreit im Fieber:
„Nur nicht ins Wasser, Gretel, nicht ins Wasser."
Mit Tüchern kühlt ein altes Nachbarsweib
Ihm seinen Kopf. Ach ja, ich darf mir was
Einbilden auf den ersten Patienten
In meiner Praxis.

Nervöse Leute sind so, freund: jagt sie
Ein toller Eindruck auf, so scheint's, als wären
Sie kerngesund ...
Merkwürdig immerhin:
An jenem Abend war ich, weiß es Gott,
Derselbe, der vor Gertruds Tod ich war:
Stark, frisch, gewandt, kaltblütig, — ach, und jung.
Wie ich die andern rief und kommandirte,
Das Kind behandelte, die Nacht hindurch
Ganz Arzt, ganz Mann, ganz Auge und Verstand.
Kein Schein dabei von all der Geisterei
Der letzten Zeit. Und Morgens fester Schlaf —
Vier volle Stunden Schlaf! Allmählich erst,
Am nächsten Tag, ward wieder ich der Mensch
Von vorher und von heut ...

Ein Blick das wie in ein versunknes Land,
Auf dem das Meer die grauen Massen wälzt.
Hörst du mal was wie einen Klang daraus,
Glaub nicht dran, sehn dich nicht, 's ist Spuk: Vineta,
Nichts als ein Steinhauf mit Gerippen ist's.

Wenn dort das Weib zu mir herüberspäht,
Halbblinden Augs, geschlossen fast die Lider,
Vom Wartedienst erschöpft die alten Glieder
Schlaff auf dem Schemel, der am Lager steht —
Von dieses Kindes Eltern thut ihr Mund
Und von ihm selbst mir allerlei dann kund
In abgebrochnen Stücken, jedes Mal
Ein andres von derselben Menschen Qual.
Erst hört ich kaum darauf, es klang so fern
Gleichgültig her, jetzt aber hör ich's gern,
Dies Lied von Schmerz: mir ist, als thät mir's gut,
Wie sie im Spittel von des Nachbars Wunden
Gern schwatzen und von seinen schwersten Stunden,
Als wäre Balsam fremder Wunden Blut.
Von draußen drein tönt der Maschinen Schwirren
Und Stampfen, daß die alten Scheiben klirren —
Hier geht des Kranken Atem leise nur —
Zeitweis ein plötzlich Schnarren in der Uhr —
Und rieselnd über Alles hin der dürren
Zitternden Stimme eifriges Gerede
Heimlichen Tons, bald aufgeregt, bald blöde...

Da friert mir wohl ein Schauern durch den Leib,
Als raune dumpf aus diesem armen Weib
Die Norne selbst ein schaurig Schicksalslied,
Das durchs Gemach mit grauen Schatten zieht.

Unsinn, die Geschichte kommt alle Tage vor,
Ist ein banaler, langweiliger
Reporterartikel:
Der Mann war irgendwo Arbeiter,
Brach den Arm, verdiente nichts mehr, die Kinder
hungerten.
Er ging also wieder zur Maschine, eh der Arm recht
heil war,
War ungeschickt, wurde gerädert, die Kinder hungerten.
Weib und Tochter nähten, die Kinder hungerten doch.
Die Mutter versuchte dies und das, stahl schließlich,
Das kam heraus, sie hing sich auf, die Kinder
hungerten.
Die Tochter ward Dirne, war aber nicht hübsch genug:
Die Kinder hungerten doch.
Da nahm sie die ganze Gesellschaft auf 'nen Kahn,
Um sie und sich selber zu ersäufen.
Die Übrigen sind tot,
Der eine Junge da lebt, dank meiner verdienstlichen
Retterthat.
Punkt. Schluß. Fünf Pfennig die Zeile.

Kräftige leiden sehn, den starken Mann
Ringend wie mit 'nem Bändger mit dem Schmerz,
Bis der den Dolch ihm in den Nacken stößt:
Das hat 'nen Reiz — das Herz bleibt kalt dabei
Und fremd dem Pöbel — doch es hat 'nen Reiz,
'Nen künstlerischen, und ich kann dem Spiel
Gemächlich zuschaun wie 'nem Stiergefecht.
Doch dieses jämmerliche Stückchen Mensch,
Dies Hungerkind da, dieses schwache Ding
Vom Riesen Leben totgequält zu sehn,
Zum Teufel nein, ist reizlos, häßlich ist's,
Kein Kräftespiel — es fehlt der Gegenstoß,
Die Federkraft, — den Kunstfreund lockt's in mir,
Dem schwächern Teil zu helfen, daß ein Kampf
Von Kraft zu Kraft entsteh, dem zuzusehn
Der Mühe lohnt...

Nein, 's ist nur das, was schlaff mich Tag zu Tag
Vertrödeln läßt: dies dumme Schwindelwerk
Am Unglücksabend, der verdammte Rausch
Von Lebenskraft — wär den ich wieder los!
Baumblüte im Oktober — lächerlich,
An Frucht zu denken! Lächerlich, ach ja:
Es quält mich doch mit seiner Gleißnerei
Und lähmt den frischen Willen, endlich fest
Den Strich zu ziehn. Ich schäme mich vor dir,
Gertrud, doch komm ich, ja gewiß, ich komme...

Wie das so sein muß,
Wenn sie den Vater mit zerquetschter Brust
Nach Hause bringen!
Nachbarn, Arzt, Polizist.
In den blutigen Lappen liegt er mitten auf der Diele.
Das verlumpte Weib kreischend neben ihm,
Eine blakende Küchenlampe in der Hand.
Im Winkel kauernd die Andern.
Er will reden, röchelt,
Aus den Mundwinkeln Blut,
Schaum, die Augen werden glasig —
So glotzt der Tod.
Schrein und Heulen...
Und wie sie die Leiche der Alten finden,
An der Thürklinke hangend,
Kopf und Arme vornüber,
Die Zunge draußen —
Während die Bälger
Über eine Kartoffelschüssel herfallen...
Und die Tochter, magre alte Jungfer schon,
Mit bunten Fetzen für die Straße geputzt,

Rotgeschminkt,
Ekelhaft kokettirend — sie muß was verdienen —
Von Laffen verhöhnt, vom Schutzmann weggejagt...
Dann die junge Brut,
Patschend und zappelnd im Wasser,
Wie ein Wurf von Katzen, den man ersäuft,
Bis es still wird —
Den Kahn hab ich ja noch gesehn...
Und warum das Alles?
Gemeiner Hunger, darum.

Es spukt um mich —
Aus Armut, Hunger, Krankheit, Verbrechen
Zerrbilder spuken um mich —
Weg mit Euch!
Mit euern ekeln Gliedern pfuscht ihr mir ins Bild —
Rein will ich ihn halten, meinen Schmerz:
Weg mit euch!
Aber sie weichen nicht:
Neben dem Kind, neben dem alten Weibe
Wachsen sie aus dem Boden in hundert Gestalten
Zu Bildern, Bildern, Bildern
Und drängen sich vor mich hin,
Daß ich sehen muß,
Daß ich hören muß,
Daß ich ihre Schwären berühren könnte,
So nah sind sie mir,
Daß mich ihre Schmerzen mitschmerzen könnten,
Als hätte ich sie am eignen Leibe —
Niedrig häßliche Pöbelschmerzen.
Weg mit euch!
Ich bin nicht eurer Art!

Aber sie weichen nicht,
Sie verfolgen mich, wohin ich fliehe.
Sie verfolgen mich Tags und Nachts.
Sie verfolgen mich.
Sie verfolgen mich.

In jener Zeit, da, stolze Tote, du
Einsam und arm, in düstrer Tapferkeit
Stumm in der Fremde littest — Gertrud, da
Hast unter Menschen du gelebt gleich denen,
Die jetzt rings um mich sind. Was das so heißt,
Nun weiß ich's erst. Doch diese Menschen hast
Du auch geliebt, voll Mitleid auch geliebt —
Könnt ich das je?

  Seh ich sie mit den schmutzigen
Wächsernen Kindern, wie sie auf dem Flur
Mich scheu begaffen, riech ich diesen Dunst
Nach kleinen Leuten, überläuft es mich
Wie Ameiskriechen. 's ist 'ne andre Welt,
Von Schmerzen, doch von Sklavenschmerzen, voll.
Sag ich mir's auch: sie sind von Fleisch und Blut,
Die Menschen drin — was thut's, ich fühle Alles,
Das Alles nur wie eine Unterwelt,
Verkehrt beleuchtet, wie 'ne Welt der Schatten
Vom Schmutz.

  Doch wie der Herr die Wellen trat,
Die ihn nicht netzten, also geht — zu viel
Hast du davon erzählt — dein reines Bild,
Gertrud, drauf hin und her...

'S ist doch ein Wort von ganz besonderm Klang,
Das Wörtchen „Mensch". 's ist immerhin ein Mensch,
Der Junge da — was sagt das viel? Und doch
Zwäng's dem Gedanken Halt, ihn auszulöschen,
Wie eine Fliege, die belästigt. Mehr:
Es webt, trotz allen stolzen Hochgefühls
Von Besfersein, was zwischen ihm und mir,
Als ging sein Wohlsein mich was an. Warum?
Er ist nicht hübsch, ist krank, so gut wie nichts
Hat er zu mir gesprochen. Kaum, daß ich
Ihn kennte! Aber 's ist ein Mensch. Kopf, Rumpf
Und Glieder grade so und so zu bilden,
Wie er sie hat und ich, hat die Natur
Gar manch Jahrtausend lang die Ahnen ihm
Und mir zusammen durch die Zeit geschickt.
'S ist was gemeinsam in uns, was verwandt
Trotz aller Unterschiede. „Mensch" — es steckt
Wie ein Geheimnis in dem Wörtchen „Mensch".

Wahr ist es: die Natur,
Die mir mein krankes Lieb nahm, folgte kalt
Und unabwendbar ihrer graden Spur —
Euch aber hätten Menschen helfen können...

Acht Jahr ist dort mein kleiner Kranker alt,
Und doch liegt eingefressen schon der Gram
Ihm im Gesicht...

Wie er mich angebettelt
Mit seinen Augen, eh das Fieber kam!

Doch immer wieder frag und frag ich mich:
Das Kind, was schiert es mich?
Bei Gott, 's ist wahr, ich fühl's und wie mit Haß:
Es nagt mir Brocken ab vom Denken, Lieb, an dich!
Wie kann es das?
Ist denn in mir noch irgend, irgendwas,
Was du nicht bist?

Wer wollte für dich sorgen, würdest du,
Bursch, wirklich noch gesund? Das Klügste wäre,
Ich ließ dich draufgehn, so allmählich etwa,
Du stürbst halt an der Krankheit...

Hatt ich die Ruhe nicht teuer genug erkauft?
Wo ist sie hin? Wo ist meine Einheit hin?
Mich zerrt's hin und her, ich weiß nicht, was ich will,
Ich weiß kaum, wer ich bin...

Also wollen wir wieder eine Nacht weiter leben!...

Und könnten beide doch so friedlich liegen
Im schönen, klaren, freundlichen Alpensee
Zwischen rankenden Pflanzen und stillen Blumen
Und zutraulichen silbernen Fischen.
Über uns kryſtallblaue Himmelsnacht.
Die Sonne nur wie ein blauer Mond,
Gar nicht blendend — wir sähen immer hinein,
Ganz ruhig, ganz wunschlos,
Wie sie langsam hin durch die Kühle rückte...

Heut wieder quält mich wie beleidigend
Verständnislose Trostsalbaderei
Zudringlich ein Gedanke: wen beklagst du?
Sie oder dich? Die Tote? Die ist tot —
Wen nichts mehr schmerzt und nichts erfreut, beklagen
Kannst du den nicht — beklagen kannst du nur
Die Leidenden, wie du sie um dich siehst
Als Lebende. Die Toten leiden nicht:
Du leidest, dich beklagst du. Sieh, du malst
Die Tote weiter dir, als lebte sie,
Fühlte, was sie verlassen, trauerte
Um ihren eignen Tod. So täuschst du dich:
Du bist's, den du beklagst! . . .

Das läuft nun neben mir und schwatzt wie Hohn
In mich hinein und fragt mich überlegen
Nach meiner Antwort. Und ich werd's nicht los,
Eh ich ihm nicht ganz logisch scharf bewiesen,
Wie sinnlos, wie verrückt es ist. Und so
Zermartr ich mir das Hirn und such und suche
Und find die Widerlegung nicht . . .

Noch einmal faßt' es mich, mich trieb's hinauf,
Gertrud, heut Nacht, ein jähes Weh nach dir,
Zum Bergwald hin, zur Zuflucht meines Jammers,
Wo allzeit mit der Nacht dein Reich begann,
Wo deine Stimme in den Zweigen flüsterte,
Wo du in allen Schatten webtest,
Wo mich dein Kuß umhauchte, deine Hand
Ans Haar mir rührte ...

Heut sucht ich dich — und fand dich nicht.
Zum schwarzen Himmel standen wie erstarrt
Die schwarzen Riesen, und sie schwiegen mir
Wie einem Fremden.
Mich aber jagt's durch Sträucher und Gestrüpp,
Als einen Ausgestoßnen jagt' es mich,
Und in mir wühlt' es: warum lebst du noch?
Nicht mehr das All ist dir dein heilger Schmerz,
Nicht mehr dem Einen einig dient dein Ich,
Von Deinem höchsten Gute schacherst du
Dir stückweis ab — du bist nicht treu mehr, geh,
Geh, die Natur verachtet dich, geh, geh —
„Geh!" schrie ich, und das eine Wort erscholl
Im Echo überall, doch keines sonst,

Wo alles einst gesprochen, keines sonst —
So rast' ich fort,
Der Atem jagend, fiebernd das Gehirn,
Bis ich zusammensank . . .

Dann aber schwebte zartes Dämmerlicht
Aufhellend rings im Wald,
Und durch die Wipfel sah mich an
Mit seinem guten Gesicht der Mond.

          Sehn, sehn, sehn,
Leiblichen Auges müßt das Leid ihr sehn,
Dann kennt ihr's erst! Was ihr vom Elend hört,
Bleibt immer was Erzähltes. Tausend Menschen
Verhungern jährlich. „Arme Teufel", sagt ihr
Und setzt euch vor die Schüssel. Tausend Menschen
Verkommen an der Seele wegen Gelds.
„Daß sie so schwach sind!", mit der Zunge schnalzt ihr
Bedauernd, „ich wär stärker." Nein, ich spotte
Drum euer nicht. Ihr habt ja nur g e h ö r t —
S e h n müßt ihr, sehn!

Noch kämpfte mit der Nacht der Regentag
Fröstelnd im Wind, daß es aus allen Winkeln
Wehklagte, rief und weinte. Leer die Stadt.
Die alten Straßen laut von schmutzgen Bächen
Bergher durchgossen. Leer die Stadt. War ich
Nun drin allein, wie ich, ganz ohne Ziel,
Hin durch sie irrte, mit gepreßter Brust,
Luft, Luft zu suchen? Ach, der Kampf im Innern,
Der tobte fort; aus feindlichen Gestalten
Von rechts und links schrie's auf mich ein und stritt
Um meine Seele. Schwarz wie Kohlenrauch
Sank endlich drauf die Nacht.

Da wuchs ein dunkles Summen aus dem Wind,
Und bunte Fenster glommen vor mir auf,
Und vor mir stand das gotische Portal
Der Kathedrale. Selig ihr, die glaubt —
Mich zog's wie zum Theater nur hinein,
Den innern Lärm zu bändgen. Nun ich droben
Von der Empore sah, war nur ein Spott
Mir doch des Priesters kindliches Gelall,
Der Menge Responsorium, all der Aufputz

Mit heilgen Flittern. Kinderstubenglück,
Was hilfst du mir? Was seid ihr mir, ihr Alle,
Die Trost im Aberglauben finden, was
Hab ich gemein mit euch?...

     Da webte drein
Ein weiches Spinnen klagender Musik
Im Kirchenchor, von alten Meisterweisen,
Jahrhundertalten. Geigen sangen auf
Und süße Flöten. Nun schritt's doch zu mir
Wie Ruhe her und strich mir sanft die Stirn.
Ob ich mich wehrte, mich umwob es lind
Wie trauter Stimmen Zuspruch. Und ich sank
Mit meinem Sinn in ihren Klang. Und lauschte.
Und in die Töne träumend saß ich still,
Und in den Tönen lebend.

Und wie ein Schleier legte zitternd sich's
Auf all das Fremde rings um mich im weiten
Halbdunkeln Raum, und wie ein Schleier wieder
Schwand es davon.

     Da sah ich eine große,
Ja: eine Welt. Der Riesenbau des Doms,
Ins Unermeßne hatt er sich gedehnt;

Von Pfeilern ragt' es, nein, von Wolkensäulen
Bis auf zum Firmament, und wie ein Meer,
Ein lebendes, wogte sich's drunten aus.
Und rauschte. Und erstarrte. Und es sang,
Die Völker sangen, — nein, die Menschheit sang,
Die ganze Menschheit sang daraus empor:
„Erhör uns, Gott! Wir leiden, Gott, wir leiden,
Wir leiden alle, und wir suchen dich,
Auf andern Wegen jeder, und wir schrein
Zu dir in tausend Zungen, aber dich,
Dich suchen alle, denn du schufest uns,
Dich fragen alle: warum leiden wir?
Wir leiden alle, anders leidet jeder,
Und keiner kennt des Nächsten Herz, doch alle,
Gott, alle leiden wir, wir, deine Kinder,
Wir Brüder alle, alle leiden wir!"
Und nieder zwang das stöhnende Gebet
Auch mich aufs Knie, ein läuterglutenheißes,
Ein ungeheures Mitleid kochte mir
Mein ganzes Blut zu Thränen, und ich sang
Mit den Millionen, und ein Orgelsturm
Einbraust' er in den Trauersang der Welt
Und trug ihn auf, anschwellend zum Orkan:
„Was trennt uns, Gott, da wir doch Brüder sind?

Ist Sprache uns auch tausendfaltig, Glaube
Und Denken, Gott, und Schmerz auch tausendfaltig:
Wir leiden alle, Brüder sind wir alle,
Denn alle leiden, alle leiden wir!"

Doch Ruhe find ich, Ruhe find ich nicht...

Mir, der ich Fürst mich des Leidens gewähnt,
Thronend hoch über allen,
Mir warum zeigst du das Grausen rings,
Mir warum höhnend bei Tausenden, Gott,
Weh, gleichbürtig dem meinen —
Warum zerreibst du mit meinem Wahn
Meinen Stolz, der mir Kraft gab?

Ach, Augenblicke der Rast nur wirfst
Lässig Sterblichen du vor den Fuß,
Wie Bettlern der Geizge den Pfennig,
Wenn uns Vergessen mit Blindheit schlägt
Oder ein Hoffen der Träumer Blick
Über das Wirkliche weglügt.

Blutende Wunden der Welt ringsum,
Sehn wir euch erst, fühlen wir euch,
Und brennten wir nieder den eigenen Schmerz,
Der fremde brennt' unser Herz aus.

Gertrud, Gertrud,
Näher aufs neue umschwebst du mich...

Als ich heut neben dem kranken Kinde saß,
Den Blick auf seinem Gesicht — es schlief —,
Stieg plötzlich wach ins Bewußtsein herauf,
Was gestern schon und ehegestern,
Eine Traumstimmung, über mich hingeschwebt
Wie eine schimmernde Abendwolke
Bei Sonne im Regen:
Daß ich weilte, Gertrud, an deinem Bett,
Als lägest du krank vor mir,
Als würdest du genesen, geneset das Kind....

Und wieder,
Wenn in die Hütten der Armut ich trete:
Das Dulden all,
Wovon so oft, Dulderin selber, du,
Verhaltenen Wehs schwer, gesprochen —
Seh ich's jetzt, faß ich es jetzt,
Grüßt mich mit Freundesgruß dein Geist,
Sänftigend, tröstend, erhebend.

Wissen- und willenlos
Zwischen Lust und Schmerz
Wie ein Fangball geprellt,
Durchtaumelt das Tier seinen Weg,
Bis das Verbrauchte der Tod
Weg aus der Bahn wirft.

Wir Menschen aber,
Wir wissen vom Tod:
Gelassenen Blickes dürfen am Schmerz
Vorüber wir sehn,
Denn aus der Ferne
Grüßt uns
Von gastlicher Pforte der Gott der Ruhe,
Der, wie dem Müden zum Willkomm der Freund,
Schweigend die treue Hand uns reicht.

Auf seiner Bahre lag ein toter Mann,
Da trat der Gott der Liebe zu ihm. "Lebe!",
So sprach er, "lebe!" und noch einmal "lebe!",
Und der Gestorbne lebte.

                Mich begleitet
Dies Bild, und in des Toten Seele senkt
Mein Geist sich ein.

                Durch grabesschwarze Nacht
Dringt her aus starrer, eingefrorner Stille
In seines Todes Schlaf ein fern Gesumm,
Wie, wenn erloschen die Gestirne einst,
Ein winzger Nebel Lichts erschimmern wird.
Und wieder tönt's — doch blinkend wie ein Stern
Glänzt ihm das "Lebe!" durch der Seele Nacht,
Daß es drin dämmert — da, und wieder tönt's,
Gewaltig tönt's, als glüh die Sonne auf,
Und mit Posaunenstimme ruft es: "lebe!"
Und sein geblendet Auge thränt und schmerzt,
Lichter und Farben wirbeln durcheinander,
Und Alles in ihm schaudert, zuckt und gährt —
Dann staunt er um sich her, und zitternd sieht er
Auf Wiesengrün.

Die Fenster auf! Daß Luft herein und Licht
Mit frischen Wellen durch die Schwüle bricht!
Mit freien Grüßen ihr vom Alpenfirn,
Gütige Lüfte, küßt die zarte Stirn!
Komm, liebe Sonne, komm und wirke hold
In seiner Locken Gold dein Himmelsgold!
Die ihr den Menschen milde seid und lind,
Ihr Geister all, umschirmt mir dieses Kind —
Auf im Gebete hebt sich all mein Wesen:
Laßt es genesen, laßt es mir genesen!

Zur Weihnacht war's.

Versunken lag die Stadt
Im rauchgen Nebel, nur fürs Ohr noch da,
Lärmender Dunst.

Ich schritt ins stumme Thal,
Das Einerlei von Frost und Grau, ich kannt es:
Das Nebelmeer in seiner Unterwelt, —
Zur Oberwelt, zum Berge schritt ich hin.
Vorbei dem Spuk der finstern Schattenriesen,
Die links und rechts aufdrohten und versanken.
Und stieg und stieg. Milchfarben, rötlich zirkelte
Sich droben ab die Scheibe nun der Sonne,
Noch ohne eigne Kraft. Ich stieg und stieg,
Und heller ward das Grau. Aus weißem Duft
Lösten sich leise, die der Reif umflimmerte,
Die Tannen ab in Silber und Kryftall.
Und Licht begann zu weben. Und ich stieg.
Da, jählings, brach das volle Blau herein
Und im Triumph die Sonne. Und ich sah
Verstreut bis fern zum Horizont die Berge,
Schneeige Inseln, still im Meere schwimmen,

Und drüber lag des ernsten Gottesfriedens
Sinnende Ruhe.
              Der ich heimlos bin,
Dort droben hab mein Christfest ich gefeiert —
All das, was einst mir duftge Blume war
Und nun verdorrtes Blatt, ich träumt es mir
Noch einmal auf zum Leben, dann begrub
Mit fester Hand ich meinen Lenz im Eis
Und meine Jugend. —
                    Und ich schritt hinab,
Zur Vorstadt hin, wo noch durch hundert Schlote
Der heiße Atem keucht' der Gegenwart.
Und in den Dunst der Gassen trat ich ein
Und grüßte stumm, die unterm Dampfespfiff
Zum Feierabend aus den Thoren zogen
Der rauchigen Fabriken, und ich spähte
Nach einem Vorglanz aus der Weihnachtsfreude
Auf den Gesichtern. Arbeit, Arbeit, komm
Und schmiede hart, was weich noch in mir, komm —
Hier ist mein Platz, auf dem ich schaffen will,
Mann unter Männern. Denn die Zeit ist hart,
Und Keiner darf vom großen Kampfe fliehn
Nur, weil die Wunde schmerzt — nein, Keiner darf's,
Den sie nicht nieder auf den Boden zwingt.

Dann in der Kammer rüstete ich still
Dem Knaben seinen Baum; erwacht er morgen,
So sei's im Kindheitsglück. Und sah hinaus
Vom Fenster lange in die nächtgen Gassen.
Nun da und dort fromm schimmerte herüber
Von Weihnachtstannen ein bescheidner Glanz
Zu mir durchs Dunkel, wie die Liebe fort
In stillen Flammen lebt trotz Not und Weh.
Geschwunden war der Nebel. Klar im Frost
Schienen die Sterne.

    Stärke mich, mein Gott!

Als du heut morgen im Bettchen dein
Erwacht,
Dehntest du deine Gliederlein,
Riebst dir den Schlaf von den Wimpern fein,
Und wie du erkannt
Die Christbaumpracht
Und genug gejubelt und gelacht
Und Hand in Hand
Die Ärmchen geschlungen um meinen Hals — —
Da hast du mich zum ersten Male
Vater genannt!

Noch bleiche Wangen, aber schon seit Wochen
Kein Fieber mehr. Befangen blicken zwar
Die Augen noch, und Stück um Stück ringsum
Befühlen sie, von Stück zu Stücke tasten
Sie staunend sich im Zimmer hin und fragen,
Wo in der Welt du seist . . .

Da wagt ich's denn. Durchs offne Fenster drang
Heut still die Winterluft, als schwebe drin
Ein erster Vorgruß flüsternd schon vom Lenz:
Da hob ich ihn behutsam aus dem Bett,
Den Jungen, und zum Fenster führt ich ihn.
Rings um die Bäumchen drunten auf dem Platz
Grad spielten seine Kameraden. „Ihr,
Seht ihr den Franz?", rief einer, „bist gesund?"
Nun sammelten sie sich und nickten. Jetzt
Warf jener plötzlich einen Spielball her,
Mein Kranker fing ihn mit den Händen auf.
Da streift' mein Blick des Kindes Angesicht —
O Leuchte du des Menschenauges! Warm
Stieg eine Thräne in die Wimper mir
Und auf den Mund ein Lächeln aus der Seele —
Kind! Heilandskind! nun leb ich wieder ganz,
Nun wieder weinen ich und lächeln kann! . . .

Wer, selbstsüchtigen Schmerzes krank,
Verzweifelnd die Nacht nach Ruhe für sich,
Für sich allein todsuchend durchstreift —
Wohl ihm, trittst aus dem Dunkel
Halt gebietend entgegen ihm du,
Mitleid!

Ernst ist dein Auge zwar, trauervoll ist dein Gruß;
Wie durch den Herbst vor dem Südsturm hin
Der Regen klagt,
Weint ein Klagen durch alles Geschaffne vor dir
Und leise
Alles durchschauernd
Aus Höllenfernen ein Hilfsgeschrei
Schuldlos Verdammter.

Aber was längst wir erstorben gewähnt —
Wie unterm Eise die Knospen warten,
Die herbstgebornen,
Um dem Frühling zu sagen: hier sind wir —
Hier sind wir!, sagt es in unsrer Brust,
Und wollen grünen; Blüten und Früchte
Harren in uns für die Brüder.

Zur Arbeit, Mitleid, rufst du uns auf,
Denn der Lindrung spottet nicht j e d e s Weh,
Nicht j e d e s Elend der Hilfe —
Auch für den Fühlenden giebt es ein Glück,
Wenn er's erwirbt durch die That:
Mitleid, durch dich
find ich das Glück des Beglückens! —

Durch meine Welt ist's wie ein Glanz gegangen
Und steht im Osten wie ein Morgenrot.

Ja, das war lange, daß der finstre Gast,
Der Mann im schwarzen Mantel, um dein Lager
Lauernden Blickes schlich. Jetzt aber rückt
Die Kissen, Kind, dir eine holde Fee.
Genesung strahlt ihr gütig Auge, traulich
Legt sie den schönen Arm um deinen Nacken
Und spricht im Flüstertone dir ins Ohr:
„Der Herbst mit seinen Früchten und der Winter
Mit seiner Weihnachtstanne und der Lenz,
Der holde Sommer, alle sind sie nun
Dein wieder, dein. Für dich auch leuchtet jetzt
Der Firn der Alpen wieder und das Blau
Der duftumhüllten Wälder und das Gold
Der seligen, der Sonne. Lieblich Kind:
Was Aug und Herz erfaßt, ist wieder dein,
Der ganzen Erde Schönheit wieder dein,
Und mit dir wieder leben wird, was lebt,
Und in dir leben wird's — o schlürf es ein
Mit allen Fasern in die tiefsten Tiefen
Inbrünstigen Genießens, schlürf es ein,
Du Auferstandner, finde dich zurecht
In all dem Reichtum, Menschenseele du,
Denn lange, lange sollst du noch drin wandern..."

Ein Monat heut, daß Armenarzt ich bin!
Bis Nachts um zehn die Gassen hin und her,
Die Treppen auf und nieder. Ruhestunden
Dazwischen hier bei meinem Kind im Heim.
Am Feierabend stilles Überdenken
Des Tagewerks, und dann dem ehrlich Müden
Der liebe Schlaf, der liebe, liebe Schlaf.
Ja, jetzt erst schätz ich dich, du langentbehrter
Ruhiger Freund, der Seele du und Leib
Quellwassergleich erfrischst. So hat geruht,
Vergessend und erneuernd alles Sein
Wie ich bei dir, bis mich mit lichtem Gruße
Der junge Morgen weckt, so hat geruht
Am Vaterherzen der verlorne Sohn.

Wie lang erloschen
Ist nun dein Auge, Gertrud,
Wie lange verstummt
Dein süßer Mund!
Doch in der stillen Altarflamme,
Die in mir neu erglommen ist,
Fühl ich des alten
Heiligen Funkens Saat,
Und innig fragt es mich:
Kann Liebe sterben?

Und was denn könnt es, das von Gottentstammtem
Je in dir war? Es ward ein Stück von dir —
Rase dagegen, es verläßt dich nicht,
Eh du dich selbst zerstörst. Es lächelt dein,
Wie all des Schnees das Feuerherz der Erde.

Der breitet seine Leichendecke hin,
So wähnst du, über weiße Totenstarre —
Warte nur, warte: sieht das fromme Auge
Der Sonne freundlich auf das Sonnenkind,
Die Erde — freudig hebt sie aus der Tiefe
Zur Mutter wieder all ihr Schönes hin:
Ich barg es wohl, es lebt und liebt dich, Mutter!
Aus allen Wiesen quillt und durch die Wälder
Jauchzt allumarmend hin der Lebenssee
Wonnigen Grüns; die heiligen Haine all,
In denen du gebetet, leben wieder,
Und lauschen wieder kann die Seele drin
Der Gottheit Wort, das leis im Laube raunt
Oder mit Stürmen durch die Wipfel braust.

Nur selten treibt mich noch ein irrer Traum
Zur Geisterstunde Nachts vom Lager auf:
Es wehen wieder von den Wänden rings
Die süßen Wellen giftger Dünste her,
Die Zauberwellen; Wahnsinnsblumen schaukeln
Und gaukeln drauf und hauchen mir durchs Hirn
Heißglühend, und sie sengen an der Welt
Des Wirklichen. Dann rett ich mich zu dir,
Mein holdes Kind, und knie an deinem Bett.
Du stammelst was, noch halb im Schlaf — im Schlaf
Schon wieder halb, schlingst du den Arm um mich.
Den Kindesduft aus deinen Locken trink ich,
Hör deinen Atem, fühl dein kleines Herz
Geruhig pochen — als wär ich der Knabe
Und Vater du, so berg ich mich bei dir,
Und meine Thräne netzt die Kinderhand.

Sprecht nicht von Wohlthun, sprecht mir nicht von Dank,
Noch gar von Lohn —
Mir will ich helfen, selber bin ich krank,
So klingt's wie Hohn.
Vor all dem Weh, auf das mein Auge trifft
Im fremden Haus,
Brennt meinen Wunden heilend ihr das Gift
Mit Feuer aus.
Nicht fühl ich mich als einer düstern Pflicht
Gezwungner Knecht:
Zu helfen ist, bis einst mein Auge bricht,
Mein stolzes Recht.

Wenn du eingeschlummert bist, mein kleiner
Kamerad, so leg den Kopf ich heimlich
Dicht an deine zarte Kinderbrust
Und belausche mit geschlossnem Auge,
Was im Herzen läutet dir und singt.
Und ich seh dein Herz, wie es mit feinen
Rhythmen seine roten, leisen, guten
Wogen sendet — noch durch breitre Straßen,
Dann durch engre Wege und auf schmalste
Pfade: daß bei jedem seiner Schläge
Durch das ganze kleine Reich ein frohes
Zittern geht — giebt's Botschaft doch den Fernsten,
Daß der Herrscher gütig für sie sorgt!
Denn auf wunderzarten Schiffchen, lächelnd,
Kommt das Leben auf der Flut geschwommen,
Neues Leben, immer neues Leben.
Grüße bringt's vom Weiten, Kraft und Blühen,
Während still sich einschifft, was nur Ruhe
Noch begehrt, daß es die treuen Wellen
Mit sich hin zur heilgen Stätte tragen.
Ja, sie wallen friedlich heim zum Herzen,
Tragen leise dann die stummen Reste
Auf den Altar. Und in reinen Flammen

Schweben die hinaus ins Ungemeßne,
Daß in fernen Welten sie, in andern
Formen neu zum Atmen auferstehn —
Während weiter dir durch alle Adern,
Menschenkindlein, Tod und Leben kreisen
Auf den roten, leisen, guten Wellen.

Kind, in Andachtschauern fromm verehre
Ich in dir das große Sein des Alls,
Wie es sich in seinem heilgen Welten-
Blute spiegelt, das auch dich durchströmt
Mit der sonnentstammten Lebenswärme
Auf den roten, leisen, guten Wellen.
Und so lieb ich dich, wie ich die Menschheit
Und die Erden und die Sonnen liebe,
Die im Herzen läuten dir und singen.

Du Unbekanntes, das durchs Unendliche hin
Die Welten streut
Und über sie Winter und Lenze:
Ich, dieses Stäubchens Erde Staub,
Empfinden darf ich
Dein großes Heiliges!

Ihr meine Augen,
Wie wart ihr schwach,
Ehe die Nacht Euch zu sehen gelehrt
Mit ihres Dunkels Geheimnissen
Und ihren stillen
Weltenkündern, den Sternen droben
Und hienieden
Dem Fensterschimmer aus Menschenhütten!
Du meine Seele,
Wie warst du taub,
Ehe die Stimmen der Nacht dich gelehrt
Auch das Ferne und Leise zu hören am Tag —
Wie warst du arm,
Du meine Seele,
Wie bist du reich!

Was auf der Erde atmet und fühlt:
Mit stumpfen Sinnen
In einem Wirrsal verschwommener Formen
Tastet so oft es durch Engen dahin —
Mich aber führtest du, Schmerz,
Mich aber weihtest du, Schmerz, zum Glück.

Denn nicht die Feindin,
Wie Kinder glauben,
Ist dir die Freude:
Des gleichen Vaters
Erhabene Züge trägt sie wie du,
Und durch dein ernstes Land
Führst du uns selber der Schwester zu.

Freude, Schwester des Schmerzes du!
Weinenden Auges jubl ich:
Durch meine Adern rauscht's wie Gesang —
Wie vom Schöpfungsmorgen betaut,
Neu ist, was ich erblicke!

Zum lieben Fels trug mich der Geist des Traums.
Die grauen Schroffen starrten zu mir auf,
Bekannt und anders doch. Aus weiß in Nebeln
Begrabner Tiefe sang der Wind empor.
Ich aber wußte: drunten weiltest du,
Drunten in tiefster Tiefe weiltest du.
Da, wie die Wolken an den Klüften jetzt
Mit Nebelhänden aufwärts tasteten,
Erkannte drin in wallendem Gewand,
Erkannt ich d i ch.

Und plötzlich standst du neben mir. Ja, du —
Und warst zugleich ein überirdisch stolzes
Gotternstes Weib, du warst der Schmerz, und doch
Warst du du selbst. „Blick um dich," sprachest du, —
Ja, deine Stimme war's — „das schenk ich dir!"
Da leuchtete der weite Nebel droben
Erschimmernd auf, und deine Stirne küßte
Ein Sonnenstrahl. „Blick hin: das schenk ich dir!"
Und stäubend floß der Nebel aus den Klüften
Auch drunten weg, und Lande sah ich blühn,
Dort aber, wo noch eben Abgrund war,
Sah zwischen Wald und See ich eine Stadt.

Du aber rührtest leis mein Auge an
Und sprachst: „Nun sieh!" Und wunder-, wunderbar:
Da sah ich fern und nah, als läg's vor mir
Gleich nah und klar. Und in den Felsen sah ich
Die Quellen rieseln, in den Wäldern drunten
Sah atmen ich der Bäume Laub, durch Mauern
Der Menschenhäuser sah ins Innre ich,
Und statt der Körper wandeln sah ich Seelen,
Und liebte, liebte Alles, was ich sah —
Du aber wiesest nochmals auf die Welt:
„Das schenk' ich dir!", und nochmals auf zum Blau:
„Das schenk' ich dir!"